Setenta

Andrea Kerbaker

Setenta
autobiografia de um filme

Tradução de
MARIO FONDELLI

Título original
SETTANTA
Autobiografia di un film

Copyright © 2004 Edizioni Frassinelli

Direitos para a língua portuguesa reservados
com exclusividade para o Brasil à
EDITORA ROCCO LTDA.
Rua Rodrigo Silva, 26 – 4º andar
20011-040 – Rio de Janeiro – RJ
Tel.: (21) 2507-2000 – Fax: (21) 2507-2244
rocco@rocco.com.br
www.rocco.com.br

Printed in Brazil/Impresso no Brasil

preparação de originais
AMANDA ORLANDO

CIP-Brasil. Catalogação-na-fonte.
Sindicato Nacional dos Editores de Livros, RJ.

K47s	Kerbaker, Andrea Setenta: autobiografia de um filme/Andrea Kerbaker; tradução de Mario Fondelli. – Rio de Janeiro: Rocco, 2005.	
	Tradução de: Settanta: autobiografia di un film ISBN: 85-325-1921-0	
	1. Ficção italiana. I. Fondelli, Mario. II. Título. III. Título: Autobiografia de um filme.	
05-2295		CDD – 853 CDU – 821.131.1-3

1.

– Amanhã vamos visitar a vovó.

A história começa assim, com essa frase lacônica lançada pela minha mãe, uma fita de vídeo, enquanto estamos calmamente conversando com os amigos. É uma tarde tranqüila, como mil outras. Nossos donos vão ficar fora o dia inteiro. Nós, DVDs, ficamos espalhados pelo chão depois das últimas projeções e passamos o tempo entre brincadeiras e conversas despretensiosas.

Entretanto, o anúncio da mãe muda por completo a nossa rotina. São apenas umas poucas palavras secas; passariam simplesmente em brancas nuvens não fosse pelo ouvido apurado de *Duro de matar*. Ele é um dos mais irrequietos, daqueles todos cheios de músculos e violência, tão diferentes dos amigos que prefiro. Nada lhe escapa. Consegue captar os sons mais fracos para evitar qualquer perigo. Não é uma surpresa ouvir qualquer coisa. É questão de um momento. As palavras ainda estão ecoando no ar e ele já anuncia:

— Ouviram? Amanhã ele vai visitar a vovó!!!

Não dá para entender muito bem o que pode haver de tão engraçado numa visita à vovó, mas, de repente, ouve-se uma sonora risada, profunda, contagiante. Muito parecida com aquela da famosa cena em *Fra Diavolo*, com o Gordo e o Magro incapazes de conter o riso. Para mim, é um momento realmente difícil. Lá estão eles à minha volta, um grupo compacto. *O exterminador do futuro* e *Gangues de Nova York*, *Top Gun* e os três insuportáveis irmãos

Rambo, de armas na mão e chamas como pano de fundo. Todos rindo como loucos com aquela atitude de machões de meia-tigela.

– Rá rá rá, a vovó, a vovó!

Sei muito bem que eles estão simplesmente com inveja, afinal de contas, nunca tiveram uma vovó. São jovens demais, os coitados, destinados a um rápido esquecimento, enquanto eu sou um velho clássico com quase oitenta anos, sobrevivente de épocas e gerações. Gostaria de berrar isso na cara deles, mas me contenho graças a lembrança de um de meus contemporâneos, *Tempos modernos*. Chegamos a passar uma longa temporada juntos, alguns anos atrás, na mesma prateleira de madeira. Era espirituoso, mas também melancólico. Conversar com ele era uma experiência e tanto. E gostava de confessar-lhe as minhas sensações mais profundas. Diversas vezes lhe pedi conselhos devido à minha susceptibilidade. Ele me incentivava a voar bem alto:

— Não ligue para eles — dizia. — Pois, afinal, nós somos clássicos que já conquistaram seu lugar na história. Sabe lá onde esses caras estarão dentro de dez anos.

Sujeito formidável, continuo invejando sua superioridade. Mas dá para entender, no caso dele. Todos têm o maior respeito pela sua natureza cômica; qualquer diferença de idade se abranda diante de uma risada.

Eu não sou nem um pouco engraçado, sou até um tanto melindroso, aliás. Fico claramente irritado com o ar folgado desses quatro energúmenos prepotentes. Ainda mais quando também vejo entre eles alguns títulos que merecem o meu respeito: como por exemplo *Fitzcarraldo*, *A vida é bela* ou *Taxi Driver*, com a inconfundível capa azul. Mas é tarde demais.

A gargalhada é irresistível, envolve quase todos, sem exceção. Fico sem graça, não sei como me defender, humilhado até pelos amigos.

Mas, no fundo, não fico muito surpreso. Já faz algum tempo que me sinto meio sem jeito nesta casa onde antigamente ficava tão à vontade. Um efeito também provocado pela presença cada vez mais esporádica da minha dona. Desde que entrou na faculdade, três anos atrás, quase não aparece mais em casa. Uma ausência que me pesa. Tenho muita afeição por ela desde o dia em que me comprou, há sete anos. Era quase uma menina; uma adolescente graciosa, curiosa. Gostei dela desde o primeiro momento em que se aproximou, na loja. Estava em companhia de uma amiga; eu já vinha prestando atenção havia alguns minutos na sua conversa inteligente. Tinha visto muita coisa e ainda queria ver muito mais.

Falava com a amiga sobre Bergman e Fellini, Kurosawa e Mastroianni, todos velhos companheiros de viagem. Nós, DVDs, ainda éramos muito poucos, quase todos filmes de arte. Unia-nos uma apaixonada sensação de irmandade, favorecida pelo dono da loja, que nos exibia continuamente no circuito interno de vídeo. Foi ali que surgiu o meu amor por certos títulos sofisticados que depois perdi de vista, freqüentadores de festivais de extremo requinte e agora um tanto esquecidos. Mas havia principalmente os grandes filmes, aqueles que o mundo sempre reconheceu e admirou. Nunca me esqueci dos elegantes tons de Billy Wilder ou das requintadas conversas das personagens de Visconti, severas e aristocráticas em sua altivez comedida.

Essa qualidade era o mundo de referência da jovem. Logo que me comprou levou-me para casa, um apartamento pequeno e luminoso alugado para ela e o irmão mais moço pelos pais, que moravam no andar de baixo e só apareciam de vez em quando, de olhos desatentos para não reparar na desordem. Na época em que cheguei, naquela casa os DVDs eram bastante raros, perdidos num amontoado de fitas de vídeo que abarcavam praticamente toda a história do cinema. Criei amizades intensas, com elas, particularmente com alguns filmes dos anos trinta, como os contos turvos do neo-realismo francês. Passei dúzias de noites conversando com o rosto sujo de Jean Gabin, motorneiro de um trem a carvão. Na calada da noite ainda me demorava ouvindo os seus relatos sobre misérias e injustiças sociais. Mas não havia somente histórias tristes e angustiantes. A minha dona, aliás, bastante eclética, mudava de gênero conforme o humor e os desejos do momento. Adorava em particular as comédias, de qualquer nível e tipo. Havia, por exemplo, a série completa da *Loucademia de polícia*, ou a do avião mais louco do mundo. Se organizassem uma reunião com elas não havia como pregar o olho a noite inteira de tanto rir. O mais engraçado talvez fosse *Um peixe chamado Wanda*. Quando ele estava a fim, havia brincadeiras de sobra para todos nós. Mesmo agora, quando nos encontramos, John Cleese cumprimenta-me com um atrevido "Olá, mudinho!". Dito por outro, poderia soar ofensivo, mas aquela vibração dos seus bigodes deixa-me bem-humorado pelo resto do dia.

Já faz sete anos... os primeiros três já bastaram para eu conhecer quase todos esses filmes. A minha preferência ficava particularmente com o preto e branco. Talvez seja porque eu também pertenço à categoria, como muitos sugerem. Para outros, no entanto, isso não passa de esnobismo da minha parte – é uma teoria bastante difundida... Mas ninguém poderá fazer com que eu mude de idéia. Um preto-e-branco bem-acabado é mil vezes mais aprazível do que qualquer filme em cores. Gosto de citar, como exemplo, *No tempo das diligências*. Estão lembrados? A carruagem que avança rápida pelo vale e a câmera que se move da esquerda para a direita, subindo lentamente pelo penhasco, até o topo, onde sobressai, muda e silenciosa, a figura de um índio a cavalo. Pois é, meus caros, por outra cena como essas podem ficar esperando sentados, mesmo recorrendo à mais requintada policromia.

Com cor ou sem cor, foram três anos que deixaram a sua marca. Até o irmão mais novo também começar a comprar DVDs. Quinze anos, e uma irrefletida vocação pelas histórias de ação. Mesmo assim, essas películas apresentavam um nível razoável, devo reconhecer, apesar de serem todas de consumo imediato, aquelas que são vistas apenas uma vez e logo esquecidas. É justamente esse o tipo de filmes que o garoto tem arranjado durante os últimos quatro anos, pedindo montes deles como presente de Natal, ao passar de ano, no aniversário ou em qualquer outra ocasião. Às vezes chegaram até em estojos completos, como a série de *Rocky*. Horas e mais horas de boxeadores no ringue, numa interminável seqüência de murros e caras ensangüentadas. Nem preciso dizer que com esses filmes só consegui manter um contato meio morno: ainda mais porque têm o desagradável hábito de nos definir como "velharias". Qualquer coisa com mais de trinta anos de vida, para eles, é obsoleta;

imaginem então a gente, herdeiros que somos de uma tradição quase centenária. Acham que somos piores do que "velharias", merecedores apenas de imediata reciclagem. Mais uma vez, diante disso, tento voar alto, procuro não ligar. Mas, às vezes, é difícil. Sinto-me perdido entre o desprezo de quem não respeita o passado e a atitude muito digna da mamãe, certa de representar um pedaço de fina cultura do século passado.

Pelo menos dessa vez *Rocky* não está no meio da turma de gozadores barulhentos. Há, no entanto, toda uma série de filmes cômicos dos mais variados estilos. Vejo logo na primeira fila *Roger Rabbit*. Já na capa, o intrometido coelho e a sua estrelinha dengosa e toda cheia de curvas mal conseguem segurar a barriga de tanto rir. Já pensou? Ter de agüentar o deboche até dos desenhos! Só me faltava essa... A próxima vez que eu assistir ao filme vou torcer pelo vilão que quer fazer desaparecer de uma só vez eles e a Toontown inteira. Talvez fosse melhor eu não ligar, afinal de contas, uma comédia não pode deixar passar em brancas nuvens uma ocasião como essa. E não pode haver coisa melhor do que uma boa gargalhada coletiva e libertadora para afugentar os problemas. Mas não posso ignorar o que está acontecendo. A brincadeira já ficou descontrolada e tomou conta de todos.

— E quem vem a ser a avó dele? — pergunta alguém perdido na multidão que não consigo identificar.

— Um rolo de película, o que mais? — responde *Rain Man*, com a arrogância que só os filmes de sucesso podem alardear ainda tão jovens. Gostaria que não tivesse se envolvido, pois sinto uma admiração sincera por Tom

Cruise no papel do acompanhante de Dustin Hoffman autista. Mas o tom da frase não combina com o seu costumeiro nível de discurso. Ninguém parece reparar.

– Uma película! Enrolada e achatada como uma pizza! – exclama alguém e mais risadas irrefreáveis por parte de todos.

– Isso mesmo, uma pizza! – diz mais alguém aproveitando a deixa.

– Uma calabresa! Não, aliás uma quatro queijos! Uma avó feita de mozarela e tomate!

Essas piadinhas sem graça começam realmente a me incomodar. Vovó é uma velha senhora com oitenta anos, que já deu muito à história do cinema, mereceria um pouco mais de respeito. Assim como eu. Pelo menos graças às gerações de espectadores que apreciaram as minhas cenas. Olho ao redor em busca de ajuda. Primeiramente procuro as fitas de vídeo, tão diferentes dessas novidades insossas. Mamãe, porém, já voltou a conversar animadamente com algumas outras fitas da mesma idade que a ouvem muito sérias, não está prestando a menor atenção em nós. Começo a acreditar que a nossa luta não possui nenhuma esperança.

A salvação chega, inesperada, de um DVD atrás de mim. Não consigo vê-lo, mas sua voz é inesquecível. Trata-se de Anthony Hopkins, com aquele tom quente, sedutor, que conseguiu incutir em Hannibal. Ele mesmo, *O silêncio dos inocentes*. Deveria ter pensado nisso. Esse é um dos poucos filmes recentes com o vigor de um clássico. E com a autoridade necessária para entrar na briga no meu lugar.

– Vamos lá, minha gente, vamos parar com isso. Não fica bem gozar os parentes, mesmo os mais distantes. E, além disso, é melhor vocês tomarem cuidado. Se fizerem isso com os DVDs errados (como os de máfia, por exemplo, com o culto e a veneração que eles têm pela família) vão acabar se metendo numa enrascada muito maior do que podem imaginar.

Poucas palavras, claras, com aquele timbre convincente, capaz de cativar; os DVDs acalmam-se. Milagre. Eu agradeço.

– Não há de que, meu rapaz. A sua avó Setenta é uma daquelas fitas à qual todos nós filmes de alguma qualidade sentimos estar devendo alguma coisa. E à sua mãe também, com aquela trilha sonora diferente.

De repente, a conversa ficou séria. Vejo alguns DVDs que concordam. É verdade, já me contaram várias vezes a história. Mamãe tem exatamente as mesmas cenas da vovó, mas sua música foi completamente refeita. Uma novidade absoluta para a época (primeira metade dos anos oitenta) que a tornou, por sua vez, um pequeno clássico. Não é por acaso que eu fui um dos primeiros a chegar às lojas, enriquecido com informações sobre o meu diretor, os atores, e acompanhado por toda uma série de comentários críticos que esmiuçavam a minha família nos mínimos detalhes. Tudo aquilo que qualquer um poderia desejar. Nem consigo imaginar o que irão inventar para a próxima geração.

Mal comecei a saborear a calma reencontrada quando *Uma mente brilhante* vira-se para *O silêncio dos inocentes* para saber o motivo daquele estranho nome, Setenta. Nem acabou de formular a pergunta e aquele imbecil que nunca envelhece de *9 e 1/2 semanas de amor* vai logo dizendo:

— Porque a bisavó se chamava Sessenta e nove!

E lá vêm novas risadas de todos os cantos. Estamos correndo o risco de um novo surto de gargalhadas descontroladas. Ainda bem que dessa vez mamãe está alerta.

— Esse nem sempre foi o nome dela — intervém. — Entenda, naquela época, os filmes eram rodados em formato reduzido, trinta e cinco milímetros e o padrão continuou sendo esse por um bom tempo. Então, chegaram os filmes de Hollywood dos anos cinqüenta. Eram em cores, maiores, mais bonitos. Justamente com setenta milímetros. Nós, da família, demonstramos desde sempre uma grande paixão pelo cinema. Vovó ficou tão encantada com a novidade que não perdeu um único lançamento. Cada vez que voltava tinha os olhos brilhantes de entusiasmo. Foi por isso que acabou sendo apelidada de Setenta.

Os amigos ficaram mais uma vez calados. Só a voz de Jim Carrey se faz ouvir do DVD *Eu, eu mesmo & Irene*:

– Pois é, rapazes. No esplendor dos setenta milímetros e na magia do tecnicolor – recita com a impostação de voz típica dos anos cinqüenta.

Dessa vez, as risadas são mais comedidas, o ambiente já é outro. Recomeçam as conversas tranqüilas de uma tarde sem atividade, desprovida de projeções. É uma pena. Eu gosto de quando os dois jovens fecham as janelas e esparramam-se no sofá para assistir a um de nós. É um momento emocionante, ainda mais quando o escolhido é um filme que nunca vimos. Triunfa então o silêncio da concentração absoluta, só quebrado pelos movimentos dos corpos no sofá.

Nada disso está previsto para hoje. E, de qualquer maneira, eu ficaria pensando mais nos preparativos da partida. Mamãe adianta alguns detalhes. Seremos confiados ao nosso jovem proprietário, que nos acompanhará numa longa viagem de trem. A minha preferência seria pela irmã, mas, ainda assim, fico contente. Na minha longa vida nunca fui ao exterior. Estou emocionado, excitado.

2.

Os degraus do vagão, o corredor estreito, o meu dono que avança lentamente lendo os números das cabines. Está me segurando. Eu balanço de um lado para o outro nos braços dele. Uma posição incômoda. Tento, mesmo assim, não perder nenhum detalhe. O vagão-leito é infinitamente mais velho do que eu podia imaginar; e mesmo assim, tudo me parece extremàmente fascinante, até o carpete cinzento que mostra evidentes queimaduras de cigarro.

Não durmo praticamente há dois dias. Ontem, depois da gozação coletiva, tive finalmente tempo para que mamãe me explicasse melhor. Muito tranqüila, ela não parecia estar dando muita importância ao que estava prestes a acontecer. Nos seus vinte anos de vida teve várias oportunidades de viajar pelo mundo.

– Então, garoto – foi dizendo com aquele seu tom de condescendência que não aprecio nem um pouco. – Amanhã a gente parte. Viagem noturna, no vagão-dormitório: rumo a uma longínqua cidade do norte onde estão organizando um festival de cinema mudo enfocando as trilhas sonoras originais. Um pianista vai tocar na sala, ao vivo. O nosso filme foi o escolhido para a estréia. Um acontecimento importante, meu menino, toda a cinemateca nacional e de várias personalidades vão estar lá.

Há horas em que você gostaria de ter na ponta da língua alguma frase à altura das circunstâncias. Eu normalmente não tenho. O meu "Não me diga!" de ontem, com efeito, mal conseguia expressar o meu profundo encantamento. Muito sincero, aliás. Não conseguia realmente entender a escolha de me levarem para tão longe em lugar de comprar um DVD no local. Mamãe explicou que as minhas legendas são numa língua diferente da dos demais exemplares na praça. Vou ser exibido em duas telas de TV no saguão, como complemento das sessões na sala. No começo, a coisa não me deixou lá muito satisfeito. Senti-me um pouco como aqueles oficiais da reserva que ficam na retaguarda. Quer dizer, então, que vou ficar no saguão, enquanto na sala projetam o filme verdadeiro, a película, a mãe de todas as versões posteriores? Num primeiro momento, isso me pareceu um tanto revoltante, quase contraproducente, mas a sensação passou logo. Não demorei a perceber as vantagens, fascinado com a hipótese da minha primeira saída de casa. Com um prêmio extra: deixar para trás filmes como *Titanic* ou *Homem Aranha,* sujeitinhos antipáticos que, ao saberem do programa, logo comentaram:

– Ora, ora, amanhã vão levar embora algumas velharias.

E aqui estou eu, no trem. Gostaria muito de encontrar Totó no seu esquete do vagão-leito, um dos mais amados pela minha dona. Gosta de vê-lo com assiduidade, diz que a deixa bem-humorada. De forma que todos acabamos aprendendo de cor as falas surrealistas com o deputado Trombeta. Quando se chega ao fatídico "E quem não conhece aquele trombone do seu pai?" recitamos as palavras em coro, com múltiplas risadas. Mas aqui, infelizmente, não temos a companhia de qualquer humorista. No lugar dele, um eficiente inspetor que verifica as passagens, pergunta alguma coisa ao meu proprietário e deseja-lhe boa-noite.

– Feche a porta com cuidado – aconselha antes de afastar-se.

– Pode deixar, mas ainda estou esperando por outra passageira – responde ele.

É uma surpresa absoluta. Olho para mamãe de baixo para cima.

– Eu não sabia – defende-se ela antes que eu possa abrir a boca. Os outros caem na gargalhada.

Somos seis. Mamãe é a única fita, e há cinco DVDs. Um falado: *O mágico de Oz*. Não sei o que está fazendo aqui conosco. De qualquer maneira, é muito bom conversar com ele, uma película extrovertida, simpática, com a resposta sempre na ponta da língua. Ao lado dele, três clássicos do cinema mudo: *Cabíria*, *Em busca do ouro* e *O sheik*. O primeiro é um filme histórico italiano da época da primeira guerra mundial. Não o conheço muito bem. Minha dona o comprou alguns anos atrás, mas nunca viu. A julgar pelo papo, deve ser extremamente chato. Só sabe se queixar:

– Pois é, meus caros, já não se vêem mais filmes como eu. Sabem como é, fiquei totalmente fora de moda. Já não há mais espaço para histórias de um certo tipo. Claro, no começo, quando ainda se dizia *uma película*, um substantivo feminino, era muito melhor. Aí começaram a usar o masculino, *um filme,* chegou o cinema falado, e estragaram tudo, tudo mesmo.

Diante de uma lengalenga como essa já nem posso discordar muito daqueles que nos definem "velharias". Ainda bem que os outros DVDs são muito melhores. *Em busca do ouro* tenta defendê-lo:

– Vocês precisam entender, o coitado já está com quase um século de vida. Vamos ver como vai ficar quando a gente também chegar lá.

Sinto simpatia por esse DVD. O que dizer dele, então, que de anos já tem oitenta? Acho que realmente não sente o peso da idade.

Lá vem a companheira de viagem. Sobe no trem numa rajada de cabelos negros e lisos, agitados pela brisa. Tem uma capa azul em volta dos ombros e um aspecto jovem, dinâmico.

– Oi – cumprimenta de longe.

Ela avança a largas passadas pelo corredor estreito. Arrasta uma mala com rodinhas que sacoleja sem parar.

– E os DVDs? – pergunta o nosso dono.

– Aqui dentro – responde ela indicando a bagagem.

– Encontrou todos?

Ela acena um sorriso:

– E ainda duvidava? – Olha ao redor da cabine. – Bonita, quente e aconchegante – comenta.

Ele assume um ar de caçador:

– Você poderia vir me visitar mais tarde – propõe quase num murmúrio.

Ela considera a proposta e sorri mais uma vez.

– Pode ser – concede. A expressão é promissora. Uma pausa de silêncio. – Bom, agora vou tomar posse dos meus aposentos.

Ele olha para a garota sem qualquer reação. Finalmente, pergunta:

– Qual é o número?

– É a última cabine, no fim do vagão.

Logo em seguida ela já está longe, a capa roçando nas paredes do corredor e o barulho da mala de rodinhas.

Estamos excitados pelo nosso dono. Ele também, é evidente. Banca o indiferente, mas deixa a porta encostada com ar maroto, sorrindo de um jeito que para nós é novidade. Quase em câmara lenta vira-se para o espelho e dá uma olhada rápida. A nosso ver, ele está impecável, mas a opinião dele é diferente. Procura apressado pela sua *nécessaire*, encontra-a, abre o zíper; tira o pente, volta para diante do espelho e ajeita com frenesi os cabelos um tanto desgrenhados. Olha para si mesmo e não gosta do que vê. Há uma nova série de caretas cômicas. Passa mais uma vez o pente antes de ficar cheio. Deixa o pente ao lado da pequena pia; olha para ele, pensa duas vezes e o guarda novamente no estojo. Pega então a escova e a pasta dental, espreme uma quantidade absurda em cima das cerdas e começa a escovar os dentes um por um. Mexe-se quase aos pulos, muito nervoso.

— Lembra os esquetes do Buster Keaton — mamãe comenta sorrindo. Até *Cabíria* acha graça.

Um pequeno puxão para a frente. Estamos saindo. Alguns acenos de despedida na estação quase deserta. Emoção a mil por hora. É a primeira vez que eu viajo de trem. Quando entramos no grande saguão da estação apareceram na mesma hora diante dos meus olhos todos os vagões da minha vida, desde os fumegantes de vapor do velho oeste até os de alta tecnologia dos DVDs mais recentes. Sempre preferi os mais tradicionais. Talvez seja por influência familiar. Mamãe viu o primeiro trem contemporâneo num filme de James Bond, uma espécie de torpedo que avançava com incrível velocidade, com centenas de pessoas apinhadas no mesmo vagão. Acostumadas com as velhas e tranqüilas cabines cobertas de poeira, poucos passageiros e muita poesia, ela ficou chocada durante meses. Como quando viu pela primeira vez *A travessia de Cassandra*, com seus protagonistas lançados numa corrida rumo ao vazio. Quem sabe se eles também não haviam partido assim, na calma anônima de uma estação, à noite?

Esse trem, no entanto, tem um ar muito mais familiar, com sua carga de cavalheiros de terno a caminho de sérios compromissos de trabalho. Assim, a cidade que desfila escura diante das janelas não tem o aspecto sinistro de quem assiste à partida para uma aventura sem volta. Parece apenas o pano de fundo tranqüilo de um comboio seguro, seguindo direto calmamente ao seu destino. Enriquecido, para nós, pela possibilidade da aventura sentimental: totalmente inesperada até alguns minutos antes.

O celular. Seria a jovem? Ele também se pergunta a mesma coisa. Olha para o aparelho com os olhos cheios de excitação. O nome da irmã aparece para apagar a esperança. O tom é de decepção:

– Oi... Sim, sim, estou no trem... Isso mesmo, ela também chegou. Acabamos de partir, não deve fazer mais de três minutos. Não, ainda não saímos da cidade... Está bem, está bem, ok. Tchau.

Eles se querem bem. Partilham o apartamento que os pais arrumaram para eles sem quase nunca brigar. Os amigos dos dois também se parecem, apesar das diferenças de idade e temperamento. No caso da garota são via de regra da mesma idade dela e apaixonadas pelo cinema e pelas artes. No dele, uma turma um tanto confusa de rapazes em crescimento, muito esporte, muita pose, muitas conversas sobre meninas e bem poucas em carne e osso.

O nosso dono está olhando pela janela. Não demorou quase nada para as casas darem o lugar aos campos escuros. Por algum tempo ficamos costeando a rodovia. Os carros como num autorama de percursos paralelos, caminhões fazem fila indiana. Num posto de gasolina, raros grupos de pessoas iluminadas pelas lâmpadas de magnésio. Uma visão fugidia, que gostaria de propor aos muitos que não entendem os filmes mudos: poderá haver algo mais fascinante do que uma cena sem som, com a possibilidade de inventar os diálogos? Aquelas pessoas no canto, por exemplo, embaixo da marquise do posto. Dois homens e duas mulheres. Meia-idade. Risadas, troca de palmadas nas costas. Uma das mulheres apaga o cigarro no asfalto. Dois casais? Ou futuros casais? Um único fotograma já basta para construir um mundo. Uma trilha sonora tornaria tudo infinitamente menos mágico e estimulante.

Essa noite, a minha mente é um turbilhão de idéias. Estou me sentindo em plena forma. Deve ser um dos efeitos do trem. Estou adorando a experiência. Lembro-me do primeiro contato com *Trainspotting*, alugado pela nossa dona. Logo que chegou foi objeto da nossa curiosidade. O que fazia, o que contava, de onde vinha, os seus gostos... Aquele nome original provocou logo mil perguntas. Por trás daquela aparência rebelde era muito mais sociável do que podíamos imaginar, explicava pacientemente, mil vezes, aquela história dos noctívagos que viviam olhando para os trens na escuridão. Gostei logo da idéia, ao contrário de muitos entre nós. *O doutor Jivago* não escondia a sua perplexidade diante daquela geração:

– Com tanta coisa boa que poderiam fazer à noite, estes paspalhos ficam observando os trens! Sei não... vai ver que estou ficando velho demais.

Isso era fato. Os filmes mais jovens, no entanto, também tinham dificuldade em compreender. Mas eu teria adorado ficar logo com aquela turma. E agora aqui estou, plenamente à vontade.

Não disponho de faculdades divinatórias, mas os pensamentos do meu proprietário devem ser de tipo totalmente diferente. A possibilidade de um encontro amoroso mudou, sem dúvida alguma, suas expectativas para a noite. Apóia-se na janela com ar incerto. No fundo, para nós, foi um golpe de sorte. Sem aquela troca de palavras no corredor teria provavelmente baixado a cortina para um sono imediato. Agora, ao contrário, vai ficar acordado ainda por um bom tempo. Meus companheiros de viagem estão achando o mesmo, apesar de não termos falado a respeito. Percebo isso devido a uma pergunta de *O mágico de Oz* depois de uma meia hora de silêncio:

– Escute aqui, estou tentando lembrar. Qual foi o filme em que, no final, ele está num vagão-leito e puxa a mocinha para cima com as mãos?

Cabíria logo resmunga:

– Não sei, eu gosto de filmes históricos, não combino nem um pouco com os de trens.

Ele ainda emenda que gostaria de dormir, mas não consegue devido à luz e à janela aberta. Deixamos morrer o assunto. Eu acho que me lembro de um filme de Hitchcock e arrisco *Pacto sinistro*. Mas mamãe sabe com certeza:

– É *Intriga internacional*, garotos. Não dá para errar. Na penúltima cena os dois protagonistas estão no Monte Rushmore, onde ele a salva de uma queda do penhasco. Há um corte, e vamos encontrar os dois na mesma posição num vagão-leito. Ele é Cary Grant, ela, Eva Marie Saint, uma atriz loira que tinha estreado com Marlon Brando.

Gosto da precisão da mamãe, embora, às vezes, isso me pareça quase uma mania. Declaro abertamente a minha paixão pelos filmes de assunto ferroviário. *Em busca do ouro* concorda comigo:

– Ainda me lembro de *O grande roubo do trem*. São apenas dez minutos, gente, mas que tensão! Nesse, no entanto, não havia nenhuma história de amor.

– Acho que quanto a isso, aqui também teremos de esperar por outra ocasião. – A intervenção de *Cabíria* é totalmente inesperada. Caímos todos na gargalhada. Com efeito, já se passaram quarenta e cinco minutos e, da jovem, nem sombra.

– Já deve estar roncando tranqüila – diz alegre *O mágico de Oz*. – E esse boboca é bem capaz de ficar acordado a noite inteira com essa cara de peixe morto.

O garoto quase parece ter ouvido os nossos comentários. Vira-se para nós, com expressão sofrida, dá uma olhada na mala e pega o pijama. Troca de roupa com movimentos estudados. Volta à janela. Na escuridão, as fracas luzes de uma estação ilumina as melancólicas paredes. Às vezes, chego a pensar que se o mundo fosse em preto e branco certos ambientes seriam muito menos tristes. Mais dez minutos, no mínimo. Finalmente, o rapaz fecha a cortina. Fica um momento revirando a escova de dentes entre as mãos, depois joga-a no copo. Solta um "merda!" baixinho. Apaga a luz e enfia-se na cama.

Coitado, mereceria alguma compreensão. Mas, longe disso!

— Bobão! — escarnece cruelmente *O sheik*, com a voz sedutora de Valentino, acostumado a receber respostas muito diferentes das moças. Continuamos a gozação por um tempo infinito, enquanto ele se vira sem parar entre os cobertores, as mãos embaixo dos lençóis para aplacar a tempestade hormonal.

— Sempre achei que em certos casos é melhor ser um homem de lata — comenta *O mágico de Oz*. Entre piadas infames e risadas escrachadas acabamos dormindo muito tarde.

3.

Quando chegamos à cabine de projeção, eu estava cansado da viagem e sem nenhuma vontade de falar. O nosso proprietário entrou com passos inseguros e nos deixou em cima de uma tosca mesa de madeira na entrada.

– Que droga! – comentou *Cabíria* com desaprovação.

Enquanto isso, havíamo-nos multiplicado. Ao sairmos do trem juntaram-se a nós os DVDs da jovem.

– Você vai direto para a sala? Eu prefiro passar no hotel para deixar a mala. Importa-se em ficar com os meus filmes?

O nosso dono fitava-a com olhos inexpressivos.

– Vamos lá, ânimo, pergunte por que não apareceu essa noite – encorajava-o *O sheik*. Mas, nada feito. Ele só engoliu em seco, pegou os DVDs e acompanhou-a com o olhar enquanto se afastava, carregando a mala pesada e com os cabelos ao vento. Estava cansado, como eu.

A entrada na cabine de projeção devolveu-me a energia. Esquecendo uma feia lâmpada que tornava tudo uniforme, o espetáculo era realmente fascinante. Películas e mais películas, a perder de vista, em suas antigas latas redondas. Pelo menos umas cinqüenta, refletindo a luz amarelada do néon. Quase todas obras-primas do cinema mudo, com alguns raros clássicos posteriores, em sua maioria dos anos trinta.

Eu estava tentando decifrar alguns nomes nas etiquetas quando *O mágico de Oz* começou a falar:

– Você viu? Também tem *A general*, aquele com Buster Keaton apaixonado pela sua locomotiva... e, lá no fundo, as obras dos irmãos Lumière. Um mito! Os primeiros filmes da história do cinema, *A chegada de um trem numa estação* e *A saída das fábricas Lumière*. Fantástico! Nunca os encontrei antes. Nunca! Você já viu?
– Um rio de palavras.

– Calma, calma, não se afobe. Eu também tenho olhos, não precisa ter um chilique – respondi. – Antes de mais nada gostaria de encontrar a vovó Setenta.

Era mentira. Eu só estava chateado com a facilidade com que ele se enturmava. E, de qualquer maneira, não estava muito a fim de conversa. Preferia me acostumar com calma ao novo ambiente. Mas ele não pensava a mesma coisa.

— Como, ainda não viu vovó Setenta? — exclamou de imediato. — Lá está ela, naquele canto.

Bastou um olhar para me certificar. Era sem dúvida ela, identificada pelo rótulo e por várias etiquetas, entre as quais aquela com uma das nossas cenas mais conhecidas. Bem mais rápida do que eu, já me havia reconhecido.

— Aquele ali é o meu neto — ia dizendo às vizinhas, octogenárias como ela, filhas de outros tempos e de antiquados sistemas de projeção. — Ali na mesa, estão vendo?

Tentei não prestar atenção nos comentários das anciãs. Não pude evitar o primeiro, da que ficava à sua esquerda.

— Um DVD? Bom, deve ser uma satisfação e tanto, querida. Imagine que de mim só tiraram um videocassete, vinte anos atrás. Daí em diante, mais nada. É uma pena, pois tenho certeza de que ainda poderia agradar ao público de hoje. Se eu fosse um filme como qualquer outro, poderia até entender. Mas não sou, de nenhum ponto de vista. Consegui dar muito de mim e acredito que ainda poderia dar mais.

Enquanto a vovó recorria às costumeiras frases educadas de circunstância, eu tentava descobrir a identidade da velha queixosa. Sem conseguir, pedi auxílio à mãe fita de vídeo.

– Qual delas? Ah, sim, a que acabou de falar. Chama-se *Ouro e maldição*. É um velho filme de Erich von Stroheim. Na época até que teve sucesso.

– Como nós? – perguntei logo. Mas é melhor não despertar o orgulho materno.

– Nada disso. Não dá para comparar. Nós somos daqueles que fizeram a história do cinema. *Ouro e maldição* é apenas um produto bem-feito.

A resposta me tranqüilizou. Nunca tinha ouvido falar naquele título nem em seu diretor. Contei para mamãe.

— Von Stroheim? Como diretor é provável que ninguém se lembre dele. Mas, como ator, se você o viu uma vez, logo o reconhecerá. É um sujeito bem alto, muito magro, empertigado e de monóculo, nos filmes da época sempre aparecia como militar ou homem de negócios.

Concordei sem na verdade entender. Queria identificar o maior número possível de etiquetas, particularmente entre as películas que estavam perto da vovó. Ainda bem que *O mágico de Oz* se acalmara e parara de puxar conversa. Durante alguns minutos pude me concentrar. Ouvia o ciciar das anciãs que conversavam baixinho. Muitas comentavam a nossa chegada.

No começo, um pequeno grupo num canto chamou a minha atenção devido à língua que falavam. Isoladas dos demais, aquelas películas tinham etiquetas ilegíveis. Levei algum tempo para entender. Claro, eram filmes russos, trazendo escrituras em alfabeto cirílico. Tentei pacientemente identificá-los. O primeiro rolo foi o mais fácil: *O encouraçado Potëmkin,* um título compreensível até naqueles caracteres desconhecidos. Ficava no meio dos outros, mantendo um silêncio altivo, com a presunção de um clássico de antiga linhagem. Provavelmente ignora por completo aquele humorista italiano que o definiu como "um tijolaço indigesto, uma incrível porcaria". A lembrança dessas palavras fez-me rir. No meio de todo aquele murmúrio ninguém reparou no meu sorriso solitário. Só por diversão tentei identificar os demais; consegui descobrir um *Greve* e um *Ivan, o Terrível,* os filmes revolucionários da época. Como seus companheiros, dava logo para ver que eram subversivos graças ao modo como falavam alto e não paravam de se agitar.

Há alguns minutos estou prosseguindo com a minha exploração. Um percurso emocionante. Para onde viro os olhos vejo fragmentos de história transformados em película. Lá estão os pesadelos alemães às vésperas do nazismo, com *Nosferatu* e o sublime *M, o vampiro de Düsseldorf*; ou as vãs esperanças de paz de *A grande ilusão*. Começo a desconfiar que mamãe está certa, com sua precisão cheia de certezas:

—Veja bem, meu menino, quando começaram a aparecer filmes como o nosso, o mundo deu-se conta do imenso potencial da imagem. E os primeiros foram justamente os ditadores:

os russos, os alemães. Mussolini definia a cinematografia como "a arma mais forte". A partir daí foi só um crescendo. A história do século vinte não pode passar sem nós, que somos a sua iconografia.

Sempre achei esse discurso mais uma daquelas ladainhas típicas das mães, mas devo admitir que todos aqueles filmes enfileirados, juntamente com as inúmeras obras-primas posteriores, dão-lhe razão.

O sheik encarrega-se de desanuviar os meus pensamentos. Descobriu outros filmes com Valentino e nos apresenta a todos:

— Veja só quem está aí, *Os quatro cavaleiros do Apocalipse*... foi com ele que Rudy começou, e agradou desde o primeiro momento. – De uma película não muito distante ouve-se um fundo musical e o barulho de passos de dança. – Claro, nesse ele dançava o tango...

modéstia à parte, dizem que continua sendo o melhor na história do cinema.

Não aprecio os vaidosos. Desvio a minha atenção observando ali perto alguns filmes ingleses de títulos desconhecidos. Preciso mais uma vez recorrer à minha mãe.

– Hum... *Easy Virtue... O ringue...* São de Hitchcock, meu querido. Os primeiros entre todos, é por isso que você não conhece. De qualquer maneira, somos mais antigos.

Ai, ai... Vovó recomeçou a falar dos míticos setenta milímetros. Estou preso entre uma mãe vaidosa e uma avó que não sabe falar de outra coisa. Era o que eu mais temia desde o momento que entrei no trem. A vovó está esclerosada, justamente como imaginava. Qualquer um que já a conheceu no passado sempre a descreveu assim, a idade não pode certamente ter melhorado as coisas. Qualquer que seja o assunto, ela aproveita para voltar ao formato dos seus filmes preferidos.

Dessa vez, o pretexto é a companheira ainda desprovida de um descendente DVD:

– Pois é, minha querida, parece que decidiram começar com os filmes dos anos cinqüenta. É compreensível, aliás. Tudo era tão mais bonito naquela época. Afinal de contas nós éramos somente os preliminares. Ainda me lembro, querida, da vez em que entrei numa cabine em que projetavam filmes em tecnicolor.

As vizinhas ouvem com seriedade enfadada. Particularmente aquela à sua direita, que não consigo identificar apesar das muitas etiquetas e de um protagonista que já vi um monte de vezes. "O único filme sem uma legenda sequer!" informa uma etiqueta grudada na lata. Um indício e tanto, mas não o bastante para identificá-lo. Gostaria de recorrer mais uma vez a mamãe, mas a vejo concentrada acompanhando a conversa de duas películas ali perto e desisto, talvez tomado por um acesso de educação.

E a vovó fala, fala e fala. A evocação levou-a de volta no tempo, para um período de vida juvenil. Palavras que muitos acham interessantes. Agora que o clamor inicial se acalmou, posso ouvir melhor:

– A guerra mal tinha acabado. Havíamos sobrevivido aos bombardeios, aos incêndios; algumas de nós, enroladas em nossas latas, estavam escondidas embaixo da terra. Fiquei guardada num cinema francês. Uma pequena sala provinciana, com uma programação muito atenta à qualidade. Sorte minha. Ninguém me fizera mal, a minha segurança nunca tinha sido motivo de dúvida. Mas a serenidade não era coisa daquele mundo, principalmente quando começaram a chegar os novos filmes, aqueles do neo-realismo. Contavam-nos histórias terríveis, falavam de uma realidade pavorosa: misérias, horrores, violências... Nós não podíamos ser consideradas películas desengajadas. Algumas, aliás, haviam surgido de pesadelos parecidos, logo depois da primeira guerra mundial. Mas, justamente graças a esses acontecimentos, esperávamos que se tratasse de um parêntese cancelado para sempre. Longe disso, no entanto, as coisas haviam até piorado. Percebemos quando os filmes sobre o conflito ficaram cada vez mais numerosos. Para não falar então de quando chegaram os testemunhos dos campos de extermínio. No começo eram documentários, filmados pelos soldados aliados com os sobreviventes.

O silêncio tornara-se profundo. Quase todas as vozes, em qualquer língua, haviam-se calado. Só ouviam-se baixinho alguns cochichos vindos detrás de mim:

– Nunca vou esquecer o primeiro. Passaram-no num domingo de manhã, às escondidas. Quem trouxe foi o *patron*, o dono daquela sala, um sujeito simpático, uma bonita estampa de francês, cabelos crespos e olhos vivos atrás do pincenê. Durante algum tempo havia ficado escondido, devia estar encrencado. Os exibidores falavam dele com receio, murmurando baixinho e olhando o tempo todo ao redor. Em certa altura deixaram de falar sobre ele. Pensamos que tivesse sido capturado, morto. Mas, de repente, ele voltou. Cansado e magro, mas vivo. Estávamos em meados de 1945. Chegou com uma guimba apagada na boca, os olhos cavados no rosto minguado. Foi num domingo de primavera, no ano seguinte. O primeiro mês de março sem guerra, iluminado pela esperança da reconstrução. O *patron* chegou com o técnico da projeção às dez, ainda não havia ninguém. Cheirava a café e a licor de anis. Trazia a lata com o rolo embaixo do braço, uma lata bem menor do que as de costume. Raramente tínhamos visto um formato como aquele. "Aqui está", disse, com ar de conspiração. Os dois começaram a montar a película no projetor. Nós estávamos muito excitadas. Já imaginávamos um daqueles filmes pornôs que vez por outra os donos de cinema guardam para seu uso particular. Mas não podia ser, a expressão era grave demais, o rosto excessivamente tenso. Devia se tratar de alguma coisa séria. "Será que tem a ver com espionagem?" perguntou excitado com seu sotaque esnobe um filme inglês, todo cheio de intrigas e assassinatos. A curiosidade corria solta. Ainda mais porque, depois de montar o rolo, nenhum dos dois descera para a sala como costumavam fazer. Simplesmente ficaram ali, com ar carrancudo. O *patron* fumava sem parar, apesar da proibição que lá dentro era categórica. Vi que o outro estava a ponto de repreendê-lo, para logo em seguida desistir sacudindo a cabeça.

Vovó Setenta faz uma pausa para retomar fôlego. Ainda possui um tom forte e claro, alguma incerteza menor na voz deve-se à evidente emoção das lembranças:

– Era um curta-metragem sobre um campo de concentração. Um *Lager*. – Há uma nova interrupção. A palavra cala as últimas vozes. – E até era bem montado. A câmera avança sobre um trilho rumo a um portão, numa torre vermelha. A imagem era um tanto trêmula, mostrava as guaritas ao longo do muro guarnecido de arame farpado. Então, um corte repentino e você já estava dentro do campo. Com aquelas sombras de homens e mulheres de uniformes listrados. Filme pornô ou de espionagem coisíssima nenhuma...Vi o técnico empalidecer e virar a cabeça. O *patron,* por sua vez, ficou olhando, perdido no meio da fumaça dos cigarros que acendia um depois do outro. Coisa rápida, deve ter durado uns vinte minutos, mas a nós pareceu uma eternidade.

Nova pausa. Voltar às lembranças também é difícil. Não tem nada a ver com "velharias" caducas. Essa minha avó é uma antepassada de dar inveja. Sinto orgulho de sua sensibilidade. Não acredito que outras películas seriam capazes de contar uma história dessas. Francamente acho que não, a julgar pelo silêncio religioso à nossa volta. Pelo menos dessa vez estou plenamente de acordo com mamãe. A nossa família é, sem dúvida alguma, da melhor qualidade. Diferente.

— Quando acabou, o técnico nem se atrevia a falar com o *patron*. Ficaram uns dez minutos sentados, sem dizer uma palavra. Imóveis. No ar havia apenas o barulho da fumaça soprada pela boca e pelo nariz. Nunca vou esquecer aquele momento, estão entendendo? — da mesma forma que eu, seu neto, nunca esquecerei desse. Sou jovem, mas nunca passei por um silêncio tão profundo, nem mesmo nas raras noites em que acordei antes da hora. Deve ter acontecido duas ou três vezes no máximo, e sempre percebi murmúrios, ruídos próximos e distantes. Aqui e agora, no entanto, o mundo parece totalmente cancelado, aniquilado.

— Então ele se levantou. Só tinha trinta e cinco anos de idade, mas aparentava o dobro. "Os meus tios estavam lá", disse com voz rouca de fumaça e desolação. "E a minha prima também. Santo Deus." Abriu a porta e foi embora. O curta-metragem ficou alguns dias conosco. Não mostraram a ninguém. O técnico, aliás, colocou-o logo embaixo de um filme neo-realista programado para aqueles dias. Depois de umas duas semanas o *patron* levou-o embora. Nunca mais o vi. Sabe lá que fim levou.

– Desde então, vovó, nós mesmos nos encarregamos de descrever o holocausto. Não é preciso ter documentários, muitos filmes de aventuras desempenharam a contento o seu papel. – A voz vem de trás, de um pequeno grupo de DVDs jogados displicentemente em cima de outra mesa. É claro que não estão aqui devido ao festival. Vovó aguça os olhos.

– Quem é o sujeito? – pergunta à vizinha num tom propositalmente alto.

– *A lista de Schindler*, vovó Setenta. Um ótimo filme desses últimos anos dedicado a um cavalheiro que, na Polônia, salvou a vida de milhares de judeus. Uma história realmente bonita. Foi filmada por Steven Spielberg.

Vovó fica um momento calada.

– Spielberg, Spielberg... sim, acho que conheço alguma coisa dele, de alguns anos atrás... Estou tentando lembrar... Mas sim, claro, um duelo entre um caminhão e um carro pelas estradas dos Estados Unidos. Um bom filme, na verdade, mas não tem nada a ver, minha cara. Essas obras modernas não chegam a me convencer. Bem diferente daquilo que acontecia nos anos cinqüenta. Sabe, quando começou a revolução do formato. Lembro como se fosse hoje o dia em que entrei pela primeira vez numa cabine em que projetavam um filme de setenta milímetros. Que maravilha!

Ora, ora... Mais uma vez a mesma história! Será que a vovó percebeu o murmúrio, as caretas e os sorrisos irônicos que imediatamente se espalharam entre todas as películas? Quanto a mim, mais uma vez a sensação de vergonha. Talvez seja por isso que o cansaço volta a pesar. Os meus olhos estão se fechando.

4.

Não sei por quanto tempo fiquei dormindo. O cenário não parece ter mudado muito: as latas redondas nas prateleiras da cabine de projeção, a feia luz do néon, nós, DVDs, espalhados na mesa junto com minha mãe fita cassete. Na sala há um cavalheiro barbudo de meia-idade, de expressão vagamente bovina, olhos azuis aguados e salientes, lábios grossos entreabertos. Mãos nos bolsos, sob uma barriga bastante volumosa. O clássico sujeito pelo qual sentimos uma antipatia imediata, instintiva. Olha para todos nós sem dizer coisa alguma. Atrás dele está o meu dono, evidentemente à espera de instruções. Nunca deixo de ficar surpreso com sua timidez diante de estranhos, tão diferente do agressivo atrevimento que ostenta dentro de casa, onde um pouco de fanfarronice deve funcionar como autodefesa. Como quando os pais visitam o apartamento e se queixam da desordem. Ele dá de ombros, bufa, suspira, olha para o céu, para confirmar o que já é uma lenda familiar. Pelo menos para mim, no entanto, com o passar do tempo esse seu caráter acabou tornando-o simpático, apesar dos seus gostos cinematográficos. Todos aqueles filmes sangrentos acabaram fazendo parte do meu imaginário.

Não sei que horas são. Deve ser de tarde, após o descanso depois do almoço. Como pano de fundo, as conversas preguiçosas das películas que acabaram de acordar, sonolentas, arrastadas e queixosas como convém a quem está à beira de um século de vida. Até a moça, que aparece nesse instante, está com uma expressão meio adormecida. Aqui dentro, estamos num ambiente completamente fechado e, mesmo assim, os seus cabelos esvoaçam no ar. Com a chegada dela, o barbudo parece despertar do seu torpor:

– Quando chega o pianista? – pergunta sem virar os olhos.

Os jovens trocam um olhar interrogativo.

– Deve aparecer a qualquer momento – responde ela, a voz quase inaudível pela timidez. – Lá vem ele, aliás – acrescenta com ar visivelmente aliviado, de olho nas escadas de onde vem o ruído de passos apressados. Aparece um cavalheiro totalmente vestido de preto.

Podem continuar dizendo à vontade que a roupa não faz o homem, mas esse recende à música. Seria impossível confundi-lo com outro tipo de profissional. O primeiro indício é justamente o terno escuro, típico da maioria dos artistas, tanto lá onde vivo quanto aqui. No caso dele, podemos acrescentar a aparência e a expressão: um rosto alongado, quase eqüino, com olhos extremamente móveis atrás de lentes redondas e delgadas. Alguns poucos cabelos ralos e secos, eriçados ao redor da cabeça, como que puxados por fios invisíveis. E as mãos, com dedos brancos e compridos, com toda a certeza mão de pianista, não há como errar.

– Ah, finalmente chegou! – A voz do barbudo soa como uma repreensão.

O pianista desdobra-se em detalhadas desculpas acerca do trânsito, da dificuldade para estacionar, de empecilhos familiares. É logo interrompido:

– Tudo bem, está perdoado. Com o que quer começar?

– Humm... vamos ver. – Olha ao redor curioso. Cinqüenta expressões esperançosas de outras tantas películas viradas para ele. O músico encosta as lentes nos olhos e curva-se para ler melhor os títulos. Deve ser por causa da profissão, mas, naquela pose, lembra-me muito Charles Aznavour bem jovem em *Atirem no pianista*. Vi vários anos atrás na televisão. Mamãe já me falara a respeito. Apesar da vistosa diferença de idade, continua mantendo com ele uma calorosa amizade. Na nossa família temos todos uma certa queda pela obra completa de François Truffaut. Eu, mais do que ninguém, desde a época em que ainda na loja fiquei apaixonado por *A noite americana,* meu primeiro filme sobre o mundo do cinema. Nunca esqueci o impacto. Aquela elegância capaz de explicar a paixão por um ofício foi para mim uma revelação. A partir de então sempre esperei ter uma cópia dele ao meu lado. E quando isso acontece, não perco a ocasião para fazer um monte de perguntas sobre filmagem: os atores, os continuístas, os maquiadores, os efeitos especiais. A sua sábia presença é para mim um motivo de segurança e não me surpreende que tenha encaminhado tantos jovens na trilha do cinema.

O meu dono e a jovem parecem aliviados. Acompanham o pianista na sua pesquisa, tentando explicar:

– Está vendo? Ali à direita juntamos os filmes russos; sabe como é, Eisenstein, mas também os outros diretores importantes da revolução de outubro. Do outro lado, por sua vez, vai encontrar dois filmes surrealistas de Buñuel. Lembra de *Um cão andaluz*, aquele do olho cortado com a lâmina de barbear?... E também há Chaplin, obviamente, mas dele já temos as músicas originais...

O pianista ouve sem prestar muita atenção, varapau daquele jeito, todo de preto, só responde com alguns "pois não" repetidos por mera polidez. De repente, uma lata redonda chama a sua atenção:

– Vocês também têm esse?

O barbudo olha para ele com indiferença. Já os jovens, parecem estar surpresos.

– *O defunto Matias Pascal?* Pois é, também temos... Aliás, na verdade já não contávamos com ele e tínhamos cancelado o seu nome da lista, mas, então, um sócio da cinemateca encontrou essa cópia e voltamos a inseri-lo no programa... Chegou justamente ontem à noite, esqueci de avisar o senhor, sinto muito.

O pianista volta a se levantar com ar sonhador:

– Nem pense nisso, não precisa se desculpar. Ao contrário, foi o primeiro filme desse tipo que vi. Ainda era garoto, lá na aldeia onde a minha família morava. Já tínhamos ouvido falar dos filmes mudos, mas na nossa sala paroquial nunca aparecera nenhum. Eu não conseguia botar na cabeça como alguém poderia entender alguma coisa sem a trilha sonora e foi justamente esse aqui que me explicou tudo. Quando uma imagem é realmente forte, vive sem palavras. O que, além do mais, é uma regra da qual deveria lembrar-se uma boa parte dos cineastas contemporâneos. Fico contente que esteja aqui.

Silêncio. O músico voltou a rodar os olhos por toda a cabine. Está correndo atrás de uma idéia. Agora chegou perto do canto da vovó. Aproxima-se curvando mais uma vez as costas. Passa uma das mãos sobre a etiqueta num gesto automático enquanto a lê atentamente:

– Ora, ora, bem que eu achei... – murmura sozinho. Curva-se mais. – Esse aqui, isso mesmo – acrescenta. Os jovens repetem o título em voz alta para terem certeza. A vovó, a própria. Dá para sentir mais uma vez orgulho da família.

– Por que logo esse? – pergunta o meu dono. Na sua expressão reverente percebe-se a fascinação pelas personalidades artísticas. Antes de responder, o pianista dá mais uma olhada em toda a fileira das películas. No fim, finca os olhos bem no meio do rosto do meu dono:

– Porque recebeu uma nova orquestração há pouco tempo. Os aficionados guardam na cabeça a nova trilha sonora, vai ser mais difícil propor alguma coisa convincente. E, afinal, não é com ele que vão inaugurar o festival?

O barbudo corta a conversa:

– Está bem, que seja.

Observo emocionado a jovem que pegou a vovó para montá-la no projetor. A nossa boa velhinha está radiante de satisfação:

— Pois é, garotos, agora é a minha vez — exclama com a mais falsa indiferença.

O meu dono, por sua vez, apresenta um ar indagador:

— Também vamos precisar do DVD, não é?

A jovem concorda apressada:

— Claro, vamos passá-lo no saguão, ao mesmo tempo em que a versão em fita cassete.

O meu dono se esquece de mamãe, eu já basto. De repente, estou nas mãos dele, com um campo de visão extremamente limitado. Segue para a porta, acompanhado pelos demais.

É um momento de puro desespero. Como é que pode? Enfrento aquela viagem toda para encontrar a vovó e, logo quando estou perto, sou separado dela tão bruscamente? A coisa não pode acabar assim, seria cruel demais. E, além disso, estou privado até do consolo de mamãe. Desde que me compraram nunca ficamos longe. Pode ser até uma aventura excitante, mas não num saguão anônimo, talvez cercado de filmes desconhecidos. Pronto! Do meu precário ponto de observação vejo os apertados espaços do fundo do cinema. Alguns poucos passos por um corredor de paredes amareladas e atravessamos uma pequena porta marrom. O meu dono pára para mantê-la aberta e deixar passar os três que nos acompanham. Murmúrios indistintos de agradecimento. Depois de mais uns vinte metros em outro corredor mais escuro, uma barreira de cortinas vermelhas e pesadas. Puxa-as. Não é o hall, mas sim a sala de exibição.

O cinema! Nunca tinha entrado em um. É claro que já vi muitos na tela da TV lá em casa, o bastante para levar-me a ter uma idéia deles totalmente diferente. Imaginava um ambiente escuro, com velhas cadeiras de madeira que rangem e poucos espectadores friorentos, mais interessados no contexto do que no filme. Ou então aqueles teatros cheios de veludos e estuques, onde aristocráticas damas passavam horas espiando com a luneta os outros espectadores. Como o da cena inicial de *Sedução da carne*, só para dar uma idéia, com os camarotes e as matronas cobertas de jóias. Este parece-me logo de saída muito mais atraente. Sem nada de chamativo, é decorado com bonitas cadeiras vermelhas, simples, sobre um assoalho de tacos liso e brilhante. Um cenário muito moderno, bem ao meu gosto, capaz de transmitir uma sensação de luz, de infinito.

Gostaria muito de ter comigo *Zabriskie Point*. Ele gosta de espaços amplos. "Espaço e luz, luz e espaço", não se cansa de repetir. Sonha em ser exibido ao ar livre, onde foi filmado, no meio do Vale da Morte. "Imagine" costuma dizer, "os dois jovens que fazem o amor e se multiplicam na tela, e em volta areia e céu, até o infinito." Essa sala não é tão iluminada, mas acredito que, mesmo assim, ele apreciaria. Como o pianista, que observa tudo dando uma volta completa sobre si mesmo e repete:

– Muito bom, realmente muito bom.

Ele pede informações a respeito da acústica. A jovem explica:

– Para os filmes é ótima. Para a música ao vivo, não sei dizer. Nunca houve concertos aqui.

O pianista faz um leve movimento de cabeça e bate palmas duas ou três vezes, atento às vibrações das superfícies.

– E acreditam que irão conseguir lotar essa sala enorme todas as noites, com filmes mudos e o meu acompanhamento?

O barbudo intervém:

– Sem dúvida alguma. Só guardamos um quarto das entradas para as vendas diárias. O resto já foi comprado pelos aficionados. – O homem fica um momento calado, satisfeito ao reparar no olhar positivo do pianista. – Creio que teremos uma sala lotada todas as noites, com pessoas em pé ou sentadas nos degraus. O senhor vai ver se não estou certo. – Pela primeira vez, seu rosto se ilumina, o olhar parece transmitir cifrões como o tio Patinhas nos filmes de Walt Disney.

– Muito bem, então. Vamos começar?

– Quando o senhor quiser. – O pianista precipita-se escada abaixo e, sempre correndo, sobe os poucos degraus que levam ao palco. Meu dono ocupa um lugar confortável no meio da platéia, na primeira fileira depois do corredor, com a possibilidade de esticar as pernas. Eu sou colocado na poltrona ao lado, numa posição ideal, esparramado sobre o macio veludo vermelho, com visão perfeita da tela e do palco. Daria um beijo nele. Mas logo me lembro de que certas coisas só acontecem nos desenhos animados. É uma pena. Se nós pudéssemos realmente nos mexer e contar as nossas histórias, a vida dos homens seria muito mais interessante.

O pianista sentou no banquinho, cruzou os dedos fazendo-os estalar com um ruído seco que ricocheteou em todas as paredes.

– Podemos começar? – perguntou ele.

O rapaz logo respondeu com voz aguda:

– Vamos lá. Apaguem as luzes!

Escuridão na sala. Pura magia.

5.

Noite. Voltei à cabine de projeção. As lâmpadas de néon foram apagadas. De uma pequena janela bem no alto da parede posso ver algumas estrelas. Estão todos dormindo. Não se ouve nem mesmo o som abafado de uma conversa. Não estou acostumado a despertar no escuro. Lá em casa é muito raro que isso aconteça. E olha que ali as condições são tudo, menos ideais. A sala fica num andar alto, muito iluminado, e os jovens quase nunca fecham as cortinas. As primeiras luzes e os barulhos da rua incomodam-nos desde o alvorecer. Mesmo assim, sempre consigo dormir até tarde. Mas não hoje.

Deve ser a emoção. Provavelmente aconteceu alguma coisa que não me deixou dormir direito. Estou me sentindo vencido pelo cansaço, do tipo que oprime os ossos e quase parece quebrá-los. Uma sensação bastante rara, para mim. Muito mais comum para as velhas e queixosas películas aqui ao meu lado. Sou jovem demais para esse estranho esgotamento. Pois é, deve de fato ter acontecido alguma coisa que ainda não consigo compreender. Não estou com as idéias claras. Diria até que se trata de algum pesadelo.

Sinto falta dos amigos. Aqueles com os quais aprendi a partilhar meus pensamentos. Todos esses grandes velhos podem até ser incríveis, cativantes, mas os com que posso sempre contar são decididamente mais jovens. Gostaria muito de conversar com os Kubrick, por exemplo. *2001* é um verdadeiro amigo.

Quando lhe conto alguma coisa heróica começa logo a tocar o *Also sprach Zarathustra*. Aquelas batidas que reverberam pelo ar e retumbam criando um fascínio mágico, inexprimível. Enquanto o ouvimos, sentimo-nos todos como os macacos daquele início extraordinário, testemunhas aflitas da introdução da violência na comunidade. Também acho muito estimulante o diálogo com *O iluminado*. Como todos os doidos, desperta desconfiança nos interlocutores. Muitos preferem evitá-lo. A mim, ao contrário, ensinou muito. De qualquer lado que se olhe para ele, é um Kubrick diferente, capaz de um pensamento lateral. Quando está a fim de me gozar, começa a cantarolar *All work and no play makes Jack a dull boy,* a ladainha que Jack Nicholson continua repetindo em resmas e mais resmas de papel em lugar do livro que tenciona escrever.

Nessas horas, dá umas risadinhas sinistras; chega a ser perturbador, eu reconheço. Entretanto, como muitos excêntricos, também possui uma sensibilidade toda particular. Quando estou com algum problema, ele me entende melhor do que qualquer outro. Gostaria que estivesse aqui, ajudando-me nesse despertar confuso.

Tento juntar as idéias. Ontem eu estava na sala. As cadeiras vermelhas, a boa acústica, o pianista... Pois é, acabei dormindo. Que papelão, com a vovó na tela. Só espero que nem ela, nem a mamãe tenham percebido. Por outro lado, eu estava realmente esgotado. O cansaço me abateu de forma tão completa que nem valia a pena lutar. Se tivesse de escrever um diário desses dias, roubaria o título de um filme com quem me encontrei ontem cujo personagem principal era Marlowe. Nada mais nada menos do que *À beira do abismo*. Deve ser o excesso de cansaço e de emoções. E que não me venham com suas histórias superficiais, aqueles bobos dos DVDs de ação. O encontro com a vovó foi uma experiência e tanto.

Mesmo assim, no começo, até que eu estava bem acordado. Cheio de adrenalina, excitado, como há muito tempo tinha ouvido dizer pelos meus proprietários. Não se cansam de dizer: nenhum videocassete ou DVD pode arrepiar a pele como as primeiras cenas de um filme no cinema. O rapaz é quem sabe descrever a coisa melhor. Lembro das palavras dele, certo dia, durante uma conversa com uma colega:

— Está vendo quando de repente apagam as luzes e aparece na tela o logotipo do produtor? Alguns poucos segundos e você já está mergulhado na realidade do filme. Aquela atmosfera que preenche todo o espaço à sua volta, com o som *surround*, o enredo que toma conta dos seus ouvidos, olhos e cérebro. Fantástico. Não há obra teatral ou lírica que possa chegar aos pés. E a televisão, então, nem me fale. Não chega a transmitir dez por cento dessa sensação.

Foi um entusiasmo jogado fora. A displicência entediada com que a garota ouvia aquele discurso só merecia um murro na cara. Mas, nós, DVDs sempre achamos, também, que havia muito exagero nessa ênfase toda. Talvez houvesse um pouco de inveja de nossa parte. Ontem, finalmente, entendi. Quando as luzes se apagam, um arrepio corre realmente pelos ossos na expectativa do espetáculo que está para começar.

Por uns dez segundos nada aconteceu. O pianista, imóvel, olhava atento, as mãos paradas acima do teclado. Então, a tela foi invadida por uma luz branca enquanto na sala ouvia-se o zumbido de um pequeno motor, um leve chiado constante que alcançava todos os cantos. Mais alguns segundos e, de repente, luz negra. Eram imagens bastante marcadas pelo tempo, com riscos brancos e alarmantes estalidos, um assunto ideal para os teóricos das "velharias". De uma hora para a outra, o primeiro fotograma, com o meu nome nos inconfundíveis caracteres tão na moda naquele tempo. O pianista foi em frente, solene.

Os primeiros minutos foram realmente difíceis. O pianista tocava *in souplesse,* olhava para a tela e acompanhava as imagens com algum imperceptível atraso. Quanto a mim, era inevitável a comparação com as minhas músicas atuais, que me pareciam, de qualquer maneira, mais condizentes, mais apropriadas. Não conseguia relaxar. Ficava ali, tenso, a avaliar e julgar cada som. "Não, por que fez assim, não percebe que deveria ser mais sonoro? Aqui, então, precisaria de um ritmo mais forte, para realçar os passos apressados dos protagonistas." Só depois de uns quinze minutos entendi. Minha abordagem não estava certa. Não era eu, lá na tela, mas sim a vovó. Com a sua aparência, as suas cenas crocitantes e não retocadas, e, principalmente, sua música. A que havia sido escrita oitenta anos antes. Mais do que obsoleta, para os nossos padrões, embora digna de respeito, preciso deixar claro. Quando finalmente senti-me capaz de julgá-la, pude afinal me descontrair e apreciar o espetáculo.

Mas houve mais alguma coisa. Uma perturbação que não consigo identificar, ligada às sensações que antecederam o sono. Quando adormeci, o pianista estava tocando havia pelo menos uma hora. Fiquei lutando com o cansaço por um bom tempo. Sabem como é, o torpor começa a tomar conta da gente, das nossas reações. A concentração começa a se mostrar falha, você já não consegue acompanhar. Mas isso não lhe agrada, e você tenta reagir, tenta inventar algum sistema para não ceder. Lembro-me de uma sonolência infinita diante de alguns filmes de arte, logo no começo da minha permanência lá em casa. A começar pelos de Wenders. Tinha-me deixado levar às suas obras devido à fama universal e à minha paixão pelo preto e branco. Bonitos, mas de uma lentidão exasperadora. A primeira vez adormeci sete vezes. Nas seguintes, pouco menos. Mas a experiência pior foi certamente com Anguelópulos. Mamãe tinha me falado a respeito em termos triunfais:

– É importante que você o conheça, meu menino. Só o fato de haver no mundo filmes como os dele, faz com que possamos nos sentir orgulhosos de participar da história do cinema.

Uma introdução realmente marcante. Queria matá-la. Eram intermináveis. Ainda me lembro de um que se chamava O Μεγαλὲξανδροζ, Alexandre Magno. Em certa altura, havia uma conversa entre dois cavalheiros separados por uma montanha. Um estava no topo, o outro no sopé. A câmera filmava o primeiro enquanto pronunciava uma frase solene, depois, virava de forma incrivelmente morosa para baixo. Focava a imagem do outro, mais uma frase solene, movimento para cima. E assim por diante, por um tempo infinito. Já conheço o bastante a história do cinema para saber que esse tipo de tomada se chama plano seqüencial, foi inventado pelos diretores intelectuais dos anos cinqüenta e sessenta, e foi por muito tempo a marca registrada dos filmes de arte. Mas, nesse caso, para me livrar dos bocejos, teria preferido pular da janela.

Estou desatento, incapaz de costurar a meada dos pensamentos. Vamos ver, eu estava na sala, tentando acompanhar a música. Sentia-me só, sem ninguém que partilhasse a experiência comigo. Olhava de soslaio para o meu dono sentado ao lado. Ele se mostrava mais tranqüilo do que de costume. Quando assiste a um filme em casa não pára de se mexer. Tronco, pernas, braços. Quase parece que nunca irá conseguir encontrar uma posição satisfatória. Mas ontem espichou-se na cadeira sem mexer um só músculo completamente entregue à mistura de cinema e música. Eu estava muito concentrado, não conseguia tirar da cabeça a idéia de certos DVDs dele. Aqueles das "velharias". *Titanic*, só para dar um exemplo. Podia me ver conversando com o rapaz rebelde interpretado por Di Caprio: "Oi, Leonardo, já soube que ontem fiquei assistindo a um filme mudo, com um pianista que tocava ao vivo?" Só de imaginar a resposta não podia evitar o riso. Precisaria me manter sério para não estragar a brincadeira.

Gostaria de conseguir me concentrar melhor. Voltando ao assunto, ontem à noite, nessa condição de confusão mental, vi alguma coisa que me deixou perturbado. Estou chegando lá. Havia algumas cenas da vovó Setenta que eu não tenho. Lá pelo meio da história, quando os meus protagonistas voltam à cidade devido a um compromisso mundano. Então, começava toda uma série de imagens que eu nunca tinha visto antes. Sei muito bem que eu não as tenho, e acho que mamãe tampouco. Pegaram-me totalmente desprevenido. Naquele torpor não consegui identificá-las direito. Só via fragmentos que não correspondiam a mim mesmo. A coisa continuou por alguns minutos, cinco, ou talvez mais. Cheguei até a pensar numa intromissão de algum outro filme, mas os atores eram os meus. Finalmente começou a se desenrolar de novo a história que eu conheço. Um tempo muito breve e, depois, mais cenas desconhecidas, durante mais uns quatro ou cinco minutos.

Ninguém jamais me falou de cenas diferentes daquelas que sempre conheci. Foi como descobrir um intruso dentro de casa. Um irmão ilegítimo que perturba de repente a tranqüilidade familiar. Pelo pouco que podia perceber na minha sonolência, aquelas imagens nem eram tão bonitas. Na verdade, eram bem insignificantes. O chefe do escritório repreende um funcionário que se mostra assustado, sem coragem de reagir. O homem sai da sala e fica matutando a vingança. Vai ao laboratório, derrama uma ampola de veneno num copo, mistura-o com a água da bica, pensa melhor e joga tudo na pia. Fantasias francamente não fundamentais para o enredo. Olhei para o meu dono, mas ele continuava esparramado na cadeira, sem qualquer reação. Ou não se deu conta daquelas imagens para mim novas, ou então já as conhecia. Foi isso que me deixou tão perturbado ontem à noite. Não vejo a hora de ter uma conversa com a vovó.

6.

Lá vêm eles. Os espectadores, em suas melhores roupas, deixam finalmente a sala. Aplaudiram, aplaudiram, aplaudiram. Não acabavam mais de bater palmas. Até mesmo o saguão retumbava com seu entusiasmo. Eu me derretia todo. Vaidade pessoal, é claro. Mas também afeição pela vovó. Ontem acabei deixando-a tão abatida... e a culpa foi toda minha. Foi quando falei das imagens que faltavam. Ficou imediatamente alarmada. Pediu-me para explicar quais eram, tintim por tintim. Tentei ser o mais preciso possível. Ela continuou perguntando, insistente, até ter certeza de identificá-las.

– Eu sabia – comentou ela. – Já estava desconfiada, agora não tenho mais dúvidas. A que circula por aí é uma versão truncada, incompleta. E não me parece haver muita esperança de restaurá-la. O público já se acostumou com aqueles cortes. O que se perdeu, está perdido para sempre.

O dia inteiro ficou vagamente sombrio.

– Entendo, querida. Entendo perfeitamente a sua perturbação - comentou *A paixão de Joana d'Arc,* um título que não pode certamente corresponder a alguém otimista. – Está pensando na precariedade das nossas imagens, não é verdade? Em como ficamos cada vez mais finas, a ponto de nem lembrar do que já fomos.

Foi um coro de queixumes.

– Pois é – lastimava *Ouro e maldição* –, vejam só o que fizeram comigo. Tinha originalmente nove horas e só me deixaram duas.

E *Viagem à Lua* de Méliès, embora considerado um clássico desde a primeira edição, também retrucou:

— Eu tinha trinta cenas; ficaram vinte e oito. As últimas duas desapareceram no nada. Estão me entendendo? *Voilà, fini, rien ne va plus.*

Napoléon, uma das primeiras superproduções rodadas na França por Abel Gance, resolveu se meter na conversa:

— No meu caso, de mais de quatro horas aos míseros cento e dez minutos da versão televisiva. Nem mesmo duas horas para contar a vida mais empolgante do mundo!

Eles todos, no entanto, até que tiveram sorte. Apesar de mutilados, haviam sobrevivido. Para muitos outros o destino havia sido mais infeliz. Os rolos começaram a citar títulos e mais títulos que eu não conhecia, nem mesmo de ouvir falar. Tudo aquilo que o homem não soube conservar. Películas esquecidas em galpões suburbanos e nessa altura estragadas. Aquelas das quais havia sobrado uma única cópia, destruída num bombardeio ou num incêndio acidental. As que simplesmente desapareceram sem deixar rastro. Uma verdadeira hecatombe, um cemitério de películas perdidas para sempre. E, com elas, uma parte da memória daquele tempo.

– Pois é, meu rapaz – disse *O gabinete do doutor Caligari*. – Todos acham que nós compreendemos toda a produção cinematográfica daqueles anos. A maioria dos filmes, no entanto, perdeu-se na prática e na memória. Você sabia, por exemplo, que tive dois tios que só tiveram vinte anos de vida? Ninguém jamais me falara a respeito, dois curtas-metragens menores do meu diretor, desaparecidos durante a Segunda Guerra Mundial. Não existem cópias, e a própria lembrança se esmaece. O número daqueles que os viram torna-se cada dia menor.

Senti que estava sendo tomado por aflição crescente. Cheguei a esperar que não fosse verdade, afinal de contas, muitos daqueles rolos já têm idade bastante para estar esclerosados. Pedi confirmação à mamãe.

– Isso mesmo, menino – respondeu ela. – É mais ou menos assim que o mundo funciona. Nesse caso, porém, pense em quanto trabalho jogado fora. O diretor, os roupeiros, os cenógrafos, os roteiristas, os atores: tudo perdido, sem deixar rastro.

Nesse ambiente de sobrevivência, quase parecia estar num cemitério. Vovó Setenta, calada, já estava a ponto de soluçar; as suas contemporâneas pareciam carpideiras, envolvidas em negros véus de pessimismo.

— Somos relíquias, apenas relíquias — sentenciava *Napoléon*, grandioso até naquele clima de catástrofe. — Sobras de um tempo que se foi. Muito em breve nós também estaremos reduzidos a verbos no pretérito.

Eu estava quase com saudade dos meus amigos DVDs americanos. Às vezes, ruidosamente importunos, mas sempre capazes de manter alta a moral. E comecei a ter lá minhas dúvidas. Talvez sejamos realmente "velharias", como afirmam *Rocky* e sua turma. Bons para algum festival antológico, apenas isso.

Ainda bem que me mudaram para o saguão. Achava que ia me chatear ou ficar irritado, mas nada disso aconteceu. Aprontaram-nos já no começo da tarde. Ensaios e mais ensaios. Vaivém de vigorosos técnicos com chaves de fenda, furadeiras, martelos num trabalho ininterrupto. Uma das telas recusava-se a funcionar. No começo, ficou aos cuidados de um rapaz paciente, que examinava tudo com calma, procurando o defeito. Desaparafusava, aparafusava de novo, mexia nos botões e no controle remoto, mas nada de imagem. Depois de uma meia hora, perdeu a paciência. Começou a ofender o aparelho chamando-o de porcaria, de escroto, de merda nojenta. Cheguei a pensar que iria destruí-lo a porradas. O meu dono observava preocupado. A situação só se resolveu graças à intervenção de um colega. Nem era assim tão complicado. Depois de localizarem o defeito, tudo foi consertado em menos de quinze minutos. Alguns carpinteiros, enquanto isso, montavam a armação para grandes cartazes da época: a sombra na parede de *Nosferatu*, o fascínio de Greta Garbo em *A carne e o diabo*, o de Valentino em *Sangue e areia*. Fiquei com pena de *O sheik* não estar lá para apreciar a beleza atemporal de seu protagonista.

Eis o prefeito. Chegou cinco minutos antes da primeira sessão com um bonito cachecol azul no pescoço. O organizador do festival foi recebê-lo com a costumeira cara antipática. Detiveram-se no saguão. O meu dono e a jovem explicavam que lá estavam os cartazes das primeiras películas em preto e branco, nas telas, os vídeos com legendas em várias línguas. O prefeito demonstrava um interesse sincero:

– Sim, claro, claro – concordava. Entre um e outro cartaz, dava algumas olhadas rápidas no vistoso decote da moça. No dia em que a aula de religião ensinava que não se deve cair em tentação, ela devia estar ausente. O coitado do meu dono só faltava babar. O prefeito, por sua vez, desviou rapidamente a sua atenção.

Agora está conversando com um sujeito de terno escuro. Os garçons aproximam-se com cálices de vinho tinto frisante. Ele pega um com a naturalidade de quem está acostumado à vida social.

Achei interessante reparar em como organizavam a festa. Normalmente esses trabalhos de bastidor passam despercebidos e ninguém se importa com eles. Já vi muitas vezes, na tela, reuniões e festejos de todos os tipos, mas ignorava os detalhes que os antecedem. Os garçons apareceram logo que o último espectador entrou na sala. Ainda sem uniforme, começaram a armar as mesas amontoadas num canto. Mexiam-se num silêncio quase total. Quando alguém, sem querer, fazia algum barulho, o olhar do *maître* repreendia-o no mesmo instante. Meia hora de trabalho álacre e silencioso bastou para deixar tudo pronto.

Só demorou alguns minutos para o saguão ficar cheio. Uma multidão colorida e variada, repleta de jovens. Eles se juntavam diante das telas, comentando as minhas cenas que acabaram de ver na sala. Usam a linguagem enfática típica da idade: "irado", "maneiríssimo", "radical". Seus olhos irrequietos revêem as minhas imagens com a atenção de um entomologista. Um deles exclama:

– Já pensou? Está com oitenta anos e continua mais moderno do que a maioria dos filmes de hoje.

Fico radiante: este entusiasmo é a melhor resposta para as "velharias".

Mesmo assim, no fim da sessão, houve um momento tenso, suficiente para recear a não aceitação ou pelo menos um certo desinteresse por parte do público. O cartaz de *Nosferatu* mostrava-se particularmente preocupado.

Um, dois, três segundos e, então, finalmente, o aplauso. Pena eu não estar na sala naquela hora, embora desse para imaginar a cena. O pianista de cabelo desgrenhado, a testa orvalhada de suor, o ar cansado e satisfeito dos diretores após uma estréia. O público que bate palmas de pé, que assobia e grita "Bravo!". Da primeira fileira, uma criança emocionada sobe os degraus do palco para lhe entregar um buquê de flores. Procuro o pianista na multidão. Não consigo vê-lo, provavelmente ainda está no seu camarim.

Fico feliz principalmente pela vovó. Quase me parece vê-la, na cabine, exausta depois de tanto rodar. Com a idade dela, a cada nova projeção aumenta o risco de danos irreparáveis. E afinal, já beirando um século, duas sessões em dois dias não são brincadeira. O sucesso, pelo menos, deve aliviar o cansaço e abrandar essa sensação de melancolia, de vazio, que sempre acompanha qualquer desempenho público.

Eu sei, é quase sempre assim. Tem a ver com a tensão e o estresse desses eventos. A gente se apronta, fica agitado, à mercê de mil preocupações, mas tudo acaba correndo da melhor forma possível, com naturalidade. Mesmo assim, quando tudo acaba, fica a exaustão. Eu ainda não tinha passado por isso pessoalmente, mas tinham me explicado tudo muito bem, particularmente *A doce vida*. De um filme como esse eu esperava pelo menos um certo hábito, uma certa displicência ao enfrentar os eventos. Que nada! Depois de quarenta anos desde sua estréia, continua tímido, com a indecisão de quem não queria estar ali, como Mastroianni entre os freqüentadores da Via Veneto:

— Garoto, você não faz idéia de como isso tudo é cansativo. As estréias, as reapresentações e cada vez a mesma sensação de dificuldade, de querer evitar o julgamento dos espectadores.

Esse público, no entanto, eu bem que gostaria de continuar a enfrentá-lo. São todos muito receptivos, entusiastas. Agora tenho diante de mim uma turma de mulheres na casa dos cinqüenta. Uma delas afirma, segura:

— Você vê um filme desses e entende uma época muito melhor do que depois de ler dez ensaios acadêmicos. Pensando bem, aliás, isso vale para todos os filmes que estão na programação desse festival. Se quiser compreender aquele tempo, não pode deixar de vê-los.

As amigas concordam:

— Você está certa. Entretanto, essa é uma verdade que vale para o cinema como um todo. Seria muito mais difícil entender os anos sessenta sem a *nouvelle vague*, ou Antonioni, ou Bergman. Acho que sem eles não se entenderia coisa alguma. E a guerra do Vietnã sem *Apocalypse Now*, ou *O franco-atirador*?

Rostos sérios concordam com ela.

– Pois é, o cinema – suspiram juntas.

Esses comentários são um alívio para a sensação de vazio que dá um nó na garganta, uma ajuda para esquecer os muitos problemas. A noite sem dormir. O despertar no escuro com aquela pulga atrás da orelha a respeito das cenas cortadas. As conversas com a vovó; suas dúvidas, seus medos. Os receios das demais películas e o peso dos fantasmas de todos os filmes perdidos para sempre. E pensar que um dia antes a vovó estava tão excitada, pobre velhinha. Tão contente que dava até para esquecer sua esclerose. Após as minhas revelações, no entanto, estava a ponto de chorar; e o mesmo vale para suas contemporâneas. Os rolos dos filmes de Murnau, entristecidos pela lembrança de um irmão mais velho:

— Chamava-se *Der Januskopf, A cabeça de Jano.* Inspirava-se no doutor Jekyll e Mr. Hide, o Médico e o Monstro. Talvez fosse o melhor de todos. Desapareceu sem deixar rastro nos anos trinta.

Mamãe interveio:

— Bom, na verdade há estudiosos que andam por aí tentando recuperar os filmes e os fotogramas desaparecidos. De vez em quando, encontram alguma coisa, mas o grosso está perdido. Desfez-se em fumaça, literalmente.

Aflito pela memória dessas películas mortas sem sepultura, fiquei imaginando grandes sacrários com os nomes dos títulos desaparecidos gravados em túmulos cinzentos e todos iguais.

O humor dos velhos rolos deve estar agora muito melhor. Gostaria que estivessem aqui comigo, para compartilhar o sucesso. Saborear a chegada ao saguão do pianista, parado em cima das escadas com uma expressão enigmática no rosto, o olhar fixo do dever cumprido. Tem um ar menos familiar do que ontem. Deve ser o traje. Ele veste um fraque irrepreensível, muito diferente da roupa informal do ensaio. Está acompanhado por uma jovem de *tailleur* vermelho. Desce os primeiros degraus olhando a multidão lá de cima. Alguém repara nele, aponta-o aos demais, a movimentação chega até o prefeito. Abrem alas para facilitar o encontro. No saguão, esboça-se um aplauso maneta, pois para muitos é difícil bater palmas com as mãos que seguram cálices e salgadinhos. O pianista desce devagar, o olhar fora de foco, quase pasmo, deslocado diante daquela acolhida.

É isso aí, se eu tivesse aspecto humano agora teria exatamente a mesma cara, perdida entre surpresa e desconcerto. Finalmente um sorriso venceria isso tudo, a calma da consciência reencontrada. Depois de tantos anos, eu bem que precisava. Esses aplausos são a carga necessária para voltar aos meus amigos DVDs. Para responder à altura a primeira vez que me chamarem novamente de "velharia". Olá, *Rocky.* Olá, *Rambo.* Olá, *Exterminador do futuro.* Preparem-se, estou voltando para casa.

Este livro foi impresso na Editora JPA Ltda..
Av. Brasil, 10.600 – Rio de Janeiro – RJ.
para a Editora Rocco Ltda.